我有一把精致的骨头

像一群小小的银蝴蝶

我有一把精致的骨头

周春梅　著

复旦大学出版社

诗人的城堡

筱　敏

多年前读到周春梅的散文随笔集《把自己和书关起来》，不禁想象起这个与书为伴的女子，安静的外表，激荡的内心，感觉相熟已久。后来有缘见过一面，确是我想象中的样子，只是更要纤弱一点。她轻声说话，无声微笑，稀有的纯净，自然地排开了四周的喧嚣，递送的是书卷的气息。

她是一名优秀的中学语文教师，许多年了。我没有看见过讲台上的她，想象不出那般情景：一边是孤单一个，有着娇小的身量和柔细的声量；另一边是大片里外都满是喧哗与骚动的少年人。这容易让人想起孤舟之于大海，然而她并非要渡过大海去往某个目的地，她这样说自己和学生："我告诉他们，我最大的幸福（理想），即在我的课上，我是有灵魂的，他们也是有灵魂的，而且我们的灵魂能交汇、撞击、生成。"她的目的地就在这里。

于是感觉这世上似乎有两个春梅，一个站在讲台上神采飞扬，一个关在小屋里寂静无声。一个是另一个的印证。她通过讲台去往自己的小屋，通过小屋去往讲台。犹如树的根系向地下探寻汲饮，枝叶向天空伸张舒展，根系和枝叶互为倒影，互为依存。

春梅的小屋是一座用书垒筑的城堡，一如她笔下所述："我用书页隔开喧嚣的尘世，就如同人们用玻璃窗隔开灰尘和废墟。"这是她生存必需的领地，她在这里安放自己，她在这里是自由人。灵魂和灵魂差异很大，有一些乐于熙熙攘攘，摩肩接踵，他们自有合适的天地。而另一些灵魂是不适应者，是逃亡者，譬如卡夫卡逃往自己的地洞，爱因斯坦逃往科学的庙堂，都是由于不能适应世人称为现实的生活常态。爱因斯坦坦言："把人们引向艺术和科学的最强烈的动机之一，是要逃避日常生活中令人厌恶的粗俗和使人绝望的沉闷，是要摆脱人们自己反复无常的欲望的桎梏。"可以说这是一些不"现实"的灵魂。现实的得失功利与之维度不同，是不相交的。

春梅写道："而我生命中最深的渴望，便是拥有一座自己的城堡。"城堡的作用一是抵抗，一是保卫，城堡之内总是静谧幽深。春梅在这里并不孤独，等待她的，是许多有趣的灵魂，非凡的灵魂。"它们安静地站在我的书架上，从遥远的过去一直站到遥远的未来。"它们带她去世界的任何地方，探视各种秘境，结识各色友人。书的城堡是贴合她天性的居所，她在这里的生活是富足的、自由的。她这样记录读《战争与和平》的感受："最好的朋友，不在尘世中，却在书本里。在两个世纪以前，在遥远的俄罗斯，在荒僻的农庄，在被遗忘的诗歌和小说里。"

阅读扩展人的阅历，将单薄的生活变得深厚，将单纯的人变得丰富。书是人类文明的积淀，其博和深，都是无法丈量的，汲饮者取之不尽。文字这种东西最适合单独的个人，它足够的沉静、细微、准确、深入，心灵的事情最适合求助于它，它能够最有力地支撑个人。春梅写道："读一下午的书，像是走了很远的路。"一个时常远行的人，会结识许多意想不到的友人，相通的心灵会在阅读中相遇，更惊喜的是，会在远方遇见自己，书似乎比你更了解你，会把你翻开介绍给你自己，让你发现你自己的许多秘密。

因此，春梅成为一个写作者是很自然的事。同时，她具有成为诗人的天然条件，年轻和易感，不经意中也真的成为了诗人。她写诗,犹如叩击心灵的墙壁,倾听自己心灵的回声,或者,是感受到了墙壁后面的召唤,她做出回应。

且看她的《我有一把精致的骨头》:

我有一把精致的骨头
像一群小小的银蝴蝶
在恒久明亮的月光下
有最清冷的光泽

很久以后
它们将收入一只小小的银匣
在银匣周身
我用最精细的花纹
镂出一只又一只蝴蝶
镂出前世　今生

其实
我只想取其中最纤秀的一根
雕成一只小小的骨蝴蝶

有一天

你在银色的月光下醒来

我就在你的床头

细巧　玲珑

像来自另一个世界的美丽

  我相信这诗是写给自己的。她是一个内倾的诗人，不追求宏伟建构，甚至也无意跻身诗坛，唯忠实于自己的内心，在宁静中倾听着世界和独一无二的自己，速写般地记录断片的风景、瞬间的情思、心灵的颤动。她的诗灵透、简洁、清纯、纤细，在含蓄中开放，柔弱中保持一定的硬度。她收录在诗集里的诗没有标记写作的时间，她说这些诗攒了一二十年，那么应该是从青春年少开始，一直写到步入中年。岁月仿佛没有磨蚀她，生活的粗糙也没有改变她，她依然清纯、易感，以她特有的天性留驻着青春。

  她从不批量生产，因之数量不多。大约因为是写给自己的，也并不敷色渲染，犹如画布上几道线条，乐谱上几个音符，却并不悉数张开，似乎未完成，但在她，已经记录了心灵颤动的轨迹。

  她有一组诗，献给作家或艺术家，这些人是她夜空

中的星辰,也是城堡中与她同在的友人,她遥望他们,又贴近他们。譬如《饥饿艺术家——致卡夫卡》:

生活像
一块巨大的黄油
无法吞咽

骨立形销

踮起脚尖
惊恐地行走在
自己
洁白的骨骼

几笔画出卡夫卡,相当传神,是因为她懂得他,用心读透了这个特异的灵魂。另一首《归——致里尔克》,则非常简洁、别致。仅四个短句,一句一段,令人感受到句子之间浩大的沉默以及沉默之中深藏的慨叹:

鸟归于巢

水归于海

人归于尘土

你归于玫瑰和诗

如果写作需要假想的读者,她心中所向的大约就是她所致意的那些灵魂,面对自己夜空的星辰,她无需过多描摹和倾诉,她发一声慨叹,是为了求证他们的存在,并以自己的存在回应他们。

她在《两株高贵的树——致阿赫玛托娃、茨维塔耶娃》中写道:

最大的忠诚

是忠于自己

裸露如秋天的果实

等待霜

等待雪

等待鸟的啄食

等待果核从果肉中脱落

等待以不同的方式

抵达唯一的终点

她以诗致意鲁迅、萧红、狄金森、伍尔夫、普拉斯、马尔克斯、博尔赫斯、扎加耶夫斯基……这些星辰，使她的夜空熠熠生辉，也构成她的精神谱系，给予她的城堡有力的支撑。说到她与学生的时候，春梅相信灵魂能交汇、撞击、生成。而她与这些非凡的灵魂，同样可以交汇、撞击、生成。灵魂是没有时间和空间距离的。

希望春梅的诗更自由地生长、开放。希望她在诗的领地无拘无束，就像她在讲台上一样自如、舒展。她的根须不断汲饮，枝叶和花朵必将繁盛。希望她向着她的星辰们大声朗诵，成为和他们比肩的诗人。

目录

诗（一）	我有一把精致的骨头	3
	温柔	5
	平面模特	6
	冬	7
	冬（二）	8
	冬（三）	9
	幸福	10
	一个傍晚	11
	开会	14
	上帝之手	15
	我的教室的旁边	16
	我坐在	17
	公共汽车	18
	时间	19
	西红柿酱	20
	一个晴朗的春日的上午	22

直到黎明	24
旗帜	26
我背负我的诗	28
雨落在……（致祖父母）	29
春运	32
还魂（事情的微妙变化）	35
艾丝美拉达的另一种可能	36
向日葵	37
爆米花	38
火柴	39
灰雾	40
埋葬	41
之子于归	42
如树　如叶　如果 ——写给中年的自己	43
你已死去	44

诗（二）　沙之书

　　——致博尔赫斯　　49

　　沉默

　　——致鲁迅　　50

　　秋日里最后一朵睡莲

　　——致鲁迅（二）　　51

　　安娜之死

　　——致安娜·卡列尼娜　　53

　　这没什么

　　——致大提琴家杜普雷　　54

　　归

　　——致里尔克　　56

　　柔和之光

　　——致扎加耶夫斯基　　57

　　饥饿艺术家

　　——致卡夫卡　　59

"湖比海深"

　　——致狄金森　　　　　　　60

一个星期日的下午

　　——致日瓦戈医生和拉拉　　61

"进入黑夜的漫长旅程"

　　——致切尔诺贝利　　　　　62

钟形罩

　　——致西尔维娅·普拉斯　　63

戴珍珠耳环的少女

　　——致维米尔　　　　　　　64

两株高贵的树

　　——致阿赫玛托娃、茨维塔耶娃　65

没有人给他写信的上校

　　——致马尔克斯　　　　　　67

圆月依然升起

　　——致伍尔夫　　　　　　　69

秋叶
　　——致索德格朗　　　　　　71

春天来了
　　——致萧红　　　　　　　　72

雪中　病中
　　——致杜涯　　　　　　　　74

青鸟
　　——致梅特林克　　　　　　76

精卫衔微木
　　——致安多纳德·耶南　　　77

呼喊与细语
　　——致英格玛·伯格曼　　　78

豆娘
　　——致辛波斯卡　　　　　　79

散文诗

深夜的房间	83
大风的日子	84
桥洞里的吹葫芦丝者	85
河边的流浪者	86
灰色的小楼	88
城堡	90
"拆"	93
河流	96
花布	99
蛋糕房	102
小屋	105
梦一	108
梦二	110
桥	113
面具	118
蔽	120

断片

诗（一）

我有一把精致的骨头

我有一把精致的骨头
像一群小小的银蝴蝶
在恒久明亮的月光下
有最清冷的光泽

很久以后
它们将被收入一只小小的银匣
在银匣周身
我用最精细的花纹
镂出一只又一只蝴蝶
镂出前世　今生

其实
我只想取其中最纤秀的一根
雕成一只小小的骨蝴蝶

有一天

你在银色的月光下醒来

我就在你的床头

细巧　玲珑

像来自另一个世界的美丽

温柔

睡眠

覆盖了我

像秋天的阴影

覆盖一片枯叶

平面模特

一张精雕细琢的脸

薄成一个平面

点缀一张报纸

或一个袋子

疲惫地上楼　下楼

上车　下车

在发呆的我的眼前

摇晃

冬

冬日的树

在我的废园

萧瑟成枯墨

淡作一个

遥远故事的背景

无风的夜晚

废园安静成

玲珑剔透的水晶瓶

盛着树影

和几百年前的

一声寒鸦

冬（二）

每个脚趾

失去它的名称和位置

无数小鼠

在虚空里啃啮

冬（三）

无数的树

褪去遮蔽

裸露褐色的骨头

我们所熟悉的

法国梧桐

悬着小小的褐色铃铛

提醒我们

它真正的名字

枝杈间那褐色的鸟巢

清晰　沉默

离天空很近

离我很远

幸福

破旧的车厢

空旷无人

悬浮于荒凉的世界

如船在海上

风在麦浪上

一个傍晚

一个傍晚我走很远的路去一家中式餐厅吃饭
我步态优雅目光游离神色忧郁

路边有有限的几种树和几种草
我不认识它们
童年的旷野里有很多种树和很多种草
它们的名字在语言的河流里沉浮
漫漶不清
是谁夺走了它们的名字

而我认识很多种花
熟知人们赋予它们的情感和意义
这种熟悉
并非来自田野山坳或一个美丽的花园
我认识它们
从路边一个个花店的红色塑料桶

或某个客厅精致的花瓶

是谁夺走了它们的根

我走进餐厅

走过一弯木制的小桥

桥下没有流水

长袍马褂瓜皮小帽的老人引我入座

红袄绿裤双辫垂肩的姑娘为我斟茶

我坐在八仙桌旁宽条凳上

我坐在大树旁鸟笼下

树是假的鸟笼是真的

笼里只有空无

这不是诗里的江南

我吃了一个萝卜丝饼

肉泥融入面粉消失不见

一碗清汤葱花小馄饨

馄饨皮里包着鼓鼓的肉馅

一小盘鸭颈

等我把它变成一块一块碎骨

它们曾经是一只可爱的粉粉的小猪

希望长大后像一位著名的前辈

特立独行受人尊敬

和一只可爱的绒绒的小鸭

蹒跚学步憨态可掬

鲁迅先生也为之动容

它的颜色有一个好听的名字叫松花黄

我思绪飞扬面容平静心怀歉疚

把它们一一吃完

离素食主义又多了一小时的距离

吃完了我开始欣赏传统文化

唱评弹的姑娘穿着旗袍染着金发

怀抱琵琶咿咿呀呀地唱

没有人听得懂她在唱什么

包括她自己

还有身边青布长衫也咿咿呀呀唱的中年男人

我塞上耳机

听天气预报的背景音乐渔舟唱晚

一个傍晚我走很远的路回家

我步态迟缓目光呆滞表情安详

开会

我的脆弱的耳朵
在盛满漂浮的语言之后
开始听见蜂的鸣叫
并将一种持久的疼痛
注入我的头颅

在语言里
我失去语言

上帝之手

一个小小的孩子
在母亲怀里安眠

一只小手
垂在我的眼前
悬空　虚握
在空无里
轻轻晃动

无穷远的未来
伸出一只小手
以它神秘的小巧　柔弱
成为我
不可企及的
玫瑰

我的教室的旁边

我的教室的旁边

有一幢灰色的古旧的小楼

终年为树木掩映

它离我不过 50 米的距离

我却从未看清

那雅致的木框窗后

有什么样的人

什么样的故事

它是我生活之外的

另一个世界

有时白雪皑皑

有时落叶纷飞

永远遥不可及

我坐在

我坐在一个熟悉的教室
我坐在一群陌生的孩子中间

他们中的一个
坐在你曾坐过的桌前
用明亮的眼睛
凝望我
写下天才
或平庸
然后离开
时时回望
或永不反顾

我端然凝坐
在陌生与熟悉间
在来与去间
白发丛生

公共汽车

凝满雾气的玻璃
隔出一个移动的空间
把疲惫的人们
从一个空间移往另一个空间
从一种生活转到另一种生活

拥挤的人群
亲密无间
比爱人靠得还近

凝满雾气的玻璃上
偶尔有一只手
画下一个骷髅
或一个笑脸

时间

在寂静的深处

在铺满细沙的河床之上

我以死亡的姿势

悬浮

乌发茂密成水草

一只淡青色的小虾

在我的耳廓

蜷伏

西红柿酱

报告

就是拿出一个蔫西红柿

切成许多西红柿丁

再剁成一摊西红柿酱

我翻过了许多无聊的纸

我翻过了许多无聊的时间

我把报纸上一位伟人的头发

一根根地染成蓝色

他还在剁已经稀烂的西红柿酱

他的声音很大

报告厅的音响很好

我的耳朵里灌进了许多西红柿酱

它们进入我的大脑

进入我们的大脑

世界变成了西红柿酱

一个晴朗的春日的上午

一个晴朗的春日的上午
我对着窗外的汽车噪声发呆
我对着几棵灰蒙蒙的树发呆

多年前的一个炎热的夏天
有一个小小的女孩
对着满湖浮萍
和浮萍上一只小小的蜻蜓
发了一个下午的呆

她一定把什么弄丢在那个下午
而且再也没有寻找回来
于是她在课堂上发呆
在会议上发呆
在雄伟的进行曲中发呆
在拥挤的人群中发呆

在一切不该发呆的时候发呆

她在多年前的下午发呆
在这个春天的上午发呆
她对着一面神秘的湖水发呆
对着一只神秘的精灵发呆
正如她对着汽车噪声发呆
对着那几株还未返青的梧桐发呆

许多孩子正对着她发呆
正如她多年前对着课桌发呆
这是一个发呆的时代
这是一个时代的发呆

我和时间一起发呆
在一个晴朗的春日的上午

直到黎明

我的疲倦
不是远古时倚树休息的农人的疲倦
他的疲倦
如脚下的土地
如风中的谷穗
沉重　饱满

如同水注入粗陶
如同浆液灌满果实
劳作
充盈他的身体
他的生命

我的疲倦
是灰色的天空中一朵铅灰色的云
拖着湿重的步子

我的紧张

不是远古时张弓待发的猎手的紧张

他的紧张

如弦上的箭

如这一刻的静止

笔直　锋利　等待出击

如同箭追赶飞翔的鹰

如同奔跑的鹿追赶生命

他的生命

和箭一起奔跑

追赶风　追赶时间

我的紧张

是深夜里一只乌黑的圆眼

在天花板的阴影里

与我对峙

直到黎明

旗帜

当人们注目于一方飘摇的织物
我只向
天空　悬铃木　古老的钟楼致敬

当一面旗帜升上天空
与颜色无关
与图腾无关

在寂静的午后或傍晚
那些眼睛早已散开
只留下天空　悬铃木　古老的钟楼

它轻柔地舒展
安静地垂立
快乐地大笑
只与风有关

与雨有关

与掠过它头顶的流云和飞鸟有关

与孤独地仰望它的那双眼睛有关

我背负我的诗

如同蜗牛背负小小的家
如同忧郁的人
背负角落和阴影

在这恐怖和动荡的世上

雨落在……（致祖父母）

雨

落在窗外的雨篷

落在寂静的河流

落在江南

落在江北

在那片多河流的平原

在故乡的小屋

住着我衰老的祖父母

此刻他们正沉沉睡着

在那衰老的小屋

即使醒着

也因为衰老的耳朵

不能听见雨的细语

和我的呓语

当黎明随着细雨泅开

他们将醒来

和祖父的假牙一起醒来

和祖母的白发一起醒来

和九十岁的劳碌一起醒来

和腰背关节的酸痛一起醒来

和屋子里的旧桌椅一起醒来

和屋后的茄子豆角一起醒来

和屋旁的小河一起醒来

和屋前的篱笆与泥泞的小路一起醒来

他们的白天和夜晚一样安静

一样漫长而寂寞

他们坐在衰老的藤椅里

闲言碎语和世事

再也无法侵袭他们

他们像永恒一样宁静

他们坐在藤椅里

看落在屋前的雨
承受衰老与病痛

等待长夜

春运

火车罐

芦蒿　咸鱼　母鸡

箱子　人

一对中年夫妇

谈论父母　疾病

谈论出国的女儿

一年花了三十多万

谈论今天的晚餐

吃老家的酒酿

或二姐送的包子

一对摩登的陌生男女

被人群挤得过于亲密

因尴尬开始攀谈

询问工作　年龄　家乡

互留电话

驶向一个一见钟情

或一夜情的老套故事

一个黑胖男人

戴着耳机说话

声音很大

抱怨在报社工作的辛苦

介绍老婆的学历是硕士

职业是医生

他们的介绍人是他的上司

春节回家花了八千

谈论茶道与高铁

火车从白天驶入黑夜

在立春之后的第三天

在车窗上

我瞥见一个小男孩

骑在父亲脖子上发呆

瞥见自己刻薄下垂的嘴角

瞥见一个男人睡着了
他张开的嘴
刚好可塞下一颗小核桃

还魂（事情的微妙变化）

一个人们尊敬的老人
即将离去

人们
想象没有他的生活
渐渐习惯

而他仍在

如郑重告别后的
迁延不去

如庄严死亡后的
一再还魂

艾丝美拉达的另一种可能

紧绷的亮紫皮裤

三个硕大的金戒指

金毛狮王的发型

吃力地为我挪出

一方窄小的空间

在拥挤的车上

向日葵

一粒瓜子绽放

是移植了太阳
还是收藏了月亮?

把太阳的金黄明亮
酝酿成月亮的皎洁清香
转啊　转啊
转出纤秀
转出优雅
转进你的齿间

全世界的牙齿
都跳起了舞

爆米花

收集一个春天的阳光
沉淀成金
等待

一个窒息的空间
灼热
旋转
天昏地暗

在惊天的震响里
撕裂胸膛
让阳光汨汨流淌

凝成一朵
小小的白云

火柴

一棵树的千分之一
或许万分之一
安静地躺在一只
小小的
绘着雅致图案的
纸盒子里

电光石火间
宿命被点燃
静静燃烧
微微颤抖
如此痛苦
又如此欢喜

命运的手
点燃一座森林
或一支烟

灰雾

灰色的天空下
一片巨大的灰色沼泽
升腾起灰色的浓雾
许多细长而粘稠的触手
将有颜色的人
——捕获

埋葬

多年来

我积攒时间的硬币

一枚　一枚

终于

埋葬了自己

之子于归

不再　检视灵魂

不再　凝望深渊

以白雪与青丝

编织婚礼的华服

等待

名叫死亡的新郎

如树　如叶　如果
——写给中年的自己

放弃命名　归类　拥有

如树　如叶　如果

等待四季

流云

飞鸟

在永恒的天空下

你已死去

对我来说

你已死去

对你来说

我也是如此

这并非诅咒

而是祝福

我们在彼此不远处生活

却如同行走于两个世界

不再有时间或空间的交集

多年之后

我们都躺在云端

安详宁静

如神的恩赐

如永恒

而之前的
衰老病痛
琐碎的灰色的生
大可
忽略不计

诗(二)

沙之书
——致博尔赫斯

我
住在无穷的沙之书中
无穷的沙
幻出无穷

有一夜
月亮把世界变成银子
我梦见自己
缩小成一粒沙

我醒来
在无边的沙漠

沉默

——致鲁迅

每夜

我做同一个梦

我梦见一个女人

洁净　冰凉

如初雪

如未开的白莲

如笼着火焰的幽蓝

她走着　走着

触处成冰

把旷野

走成冰原

青白冰上

红影无数

秋日里最后一朵睡莲
——致鲁迅（二）

从城堡跃出

向着南方漂流

遇见

凋残的叶

折断的枝

死去的小鱼

遇见

古渡

远树

永恒的落日

遇见

瓜子的壳

废弃的旧衣

腐烂的木片

遇见

你

一朵红的笑

成尘的微笑

安娜之死
——致安娜·卡列尼娜

如果安娜必须

为明天的早餐发愁

或者生活在

斯大林时代

就不会被

致命的热情捕获

拖着安娜之死

拖着无以命名的罗网

我在古老的河边散步

遇见读报的老人

遇见对着河水念经的青年

遇见小狗和干枯的柳叶

遇见邓丽君三月里的小雨和广场舞

等待　命运的扑击

这没什么
——致大提琴家杜普雷

我失去了你

这没什么

我失去了你

这没什么

生活还要继续

大家都这么说

我失去了你

这没什么

上天曾将你赐予我

又早早收回

我并无怨言

我的手指曾拨动琴弦

如清风吹响木叶

我失去了你

这没什么

我从窗口凝望

大雨中的绿树

淋湿了翅膀的麻雀

河水漫过了堤岸

白色的泡沫漂浮在水上

对岸依然有人跑步

有人遛狗

我失去了你

这没什么

白昼之后

是漫长的黑夜

黑夜之后

是漫长的白昼

归
——致里尔克

鸟归于巢

水归于海

人归于尘土

你归于玫瑰和诗

柔和之光
——致扎加耶夫斯基

读完一首
两千多年前
采自民间的歌谣
我读你的诗
一首写于千年前的中国诗

那个早已死去的诗人
叙说"整夜打在他行船
竹顶上的雨
和最后安顿在
他心里的和平"

千年前的雨仍轻柔地低语
如"重重迷失 消散又返回的
柔和之光
我们试着

赞美这遭损毁的世界"

我所在的这座古老的城
黄昏时细雨渐止
夕阳染红我的苍白
树林深处叶子仍轻柔地低语
宁静与黑夜一起降临

饥饿艺术家

——致卡夫卡

生活像

一块巨大的黄油

无法吞咽

骨立形销

踮起脚尖

惊恐地行走在

自己

洁白的骨骼

"湖比海深"
——致狄金森

离群索居

向内心开掘

湖比海深

那湖　黑暗冰冷

如时间之初

如上帝之眼

如你赐予我的命运

一个星期日的下午
——致日瓦戈医生和拉拉

窗外

古老的河流

白色的水鸟缓缓飞翔

电瓶车急急驶过

红雨衣载着透明雨衣

流水淙淙如圣歌

我拭净灶台的灰

"进入黑夜的漫长旅程"
——致切尔诺贝利

深夜

黑色风雪弥漫

领袖脑中的风暴

上帝手中的风暴

无定河　夹边沟

切尔诺贝利

人影纷飞

卷入天花板上的乌黑独眼

没有睫毛　永不闭合

与我的失眠

彻夜对峙

钟形罩

——致西尔维娅·普拉斯

缝一粒纽扣

剥一杆毛豆

以手指的劳作

逃离你的命运

一秒

一分

一夜

如钟形罩

凌晨

小鸟细碎的叫声

啄破黑暗

戴珍珠耳环的少女

——致维米尔

从神秘的时间黑洞

回眸向我

双眼如星辰

以神秘的方式

穿越神秘的时空

将灿烂的光

送至我的眼眸

这一刻

我回眸　凝望远方

凝望神秘的未来

无穷的时间里

谁将凝望

我的凝望

两株高贵的树
——致阿赫玛托娃、茨维塔耶娃

当遭遇不幸

我回身遥望

冰原上那两株高贵的树

风暴

从未使你们转过脸去

因为美　无须掩饰

无所畏惧

最大的忠诚

是忠于自己

裸露如秋天的果实

等待霜

等待雪

等待鸟的啄食

等待果核从果肉中脱落

等待以不同的方式

抵达唯一的终点

你们是白桦

是苦涩的山楂

在银白的冰原上

孤独地　裸露地站立

唯以天空为家

土地为家

孤独

裸露

站立

于冰雪中

于时间的荒原中

没有人给他写信的上校
——致马尔克斯

没有人给他写信的上校

没有人给我写信的我

隔着灰色的蒙着雾霭的天空

隔着灰色的蒙着雾霭的河流

隔着灰色的蒙着雾霭的时间

没有人给你写信的上校

在这个灰色的下午

我写下一封给你的信

我的信溯流而上

追赶时间

追赶没有人给你写信的你

没有人给你写信的上校

可曾写下一封没有收信人的回信

没有人给我写信的我

等待没有人给你写信的你

等待你的信

从那灰色的雾霭

缓缓降落

圆月依然升起
——致伍尔夫

我最后一次眺望

对岸灰雾迷蒙的远树

巨大的落日

那不可言说的红

这个三月的黄昏

我将沉入黑夜

而圆月仍将自山峦上升起

洁净　圆满

如同它最初升起的那一夜

我将沉入冰冷的河流

与腐叶　鱼尸　淤泥一起

累积河床

多年后的一个三月的黄昏

你在河边散步

凝视水中的游鱼

夜晚

圆月升起

一如多年前的那一夜

你读我的日记

抄下这样的句子——

"教堂墓地前的青草

如同绿水

漫过陈旧的墓碑"

秋叶

——致索德格朗

乌桕籽如白花
开在红叶间

一夜大风雨后
满池金黄的梧桐叶

我坐在蜗牛的一角喘息
病肺如斑驳秋叶

春天来了

——致萧红

冰雪世界捎来的

大列巴

在阴湿的南方的冬夜

陪我　读你和你的饿

——"桌子可以吃吗"

——"草褥子可以吃吗"

——"用夏季里穿得通孔的鞋子"

——"去接触雪地"

那冰雪

从未消融

往南　往南

也只有森森寒意

点燃自己　向着

——"昨夜的梦"

——"昨夜的明灯"

为自身的热灼伤

烧穿肺叶

枯叶碎裂

浆果破裂

春天来了

——"不见载着翠姨的马车来"

雪中　病中

——致杜涯

2004 年 12 月 18 日

你写下一首诗

《一个名字：花好月圆》

2011 年 1 月 18 日

雪中　病中

我读你的诗

雪中　病中

我读你的另一首诗

读朴素而美好的植物

马食菜　黄花苗　星星草

猪耳朵草　扫帚苗　荠荠菜

我着迷地阅读它们

寻找它们

在被褥　衣物　壁纸上寻找

寻找碎花　草纹

寻找它们在城市里的遗痕

雪中　病中

我想念

春日里阳光淡白的气息

乡村小路旁逐渐茂盛的春草

旷野里只有灿烂得无以名状的桃花

想念古老的桃之夭夭

采采苤苢

想念一切遥远而美好的事物

想念一位黑眼睛的

天涯诗人

青鸟
——致梅特林克

那只青色的小小山雀

踏着寒霜

覆着月光

从宋代的花鸟画

衔来一粒朱红的果子

落在

冬日明澈的天空下

我正仰望的

枝头

精卫衔微木
——致安多纳德·耶南

小小的黑衣少女

祈祷　劳作

庄严如静止的火焰

呼喊与细语
——致英格玛·伯格曼

失眠的深湖

沉没

呼救无人听见

楼上细碎的声响

如喃喃低语

网住我

豆娘

——致辛波斯卡

你
并非我们所称的小小蜻蜓

不同于蜻蜓
你有
分开的复眼
纤细的身体
憩息时合上的双翅

张开透明的翅膀
在阳光下飞翔
进食更小的昆虫
停留在浮萍上

什么限制了我们的想象和感觉
对你

身体　意识

或自以为是的优越感

美如上帝的精灵

在我们的世界之外

散文诗

深夜的房间

深夜的房间,天花板上长出许多枝桠。一个鸟巢隐身于黑影。

我仰视尘世在天空的投影。

我的房间是一个透明的水箱。

一条黑色的小鱼,在假山石旁静默,睁着眼睡去。

我在水草间栖息。

我睁着眼睡去,等待光。

大风的日子

清晨，叫醒我的，不是光，是风。

风叫醒了那些内在的声音。

雨篷、窗帘，从寂无声息里醒来，时而轻盈，时而激烈，跺着风，生气或大笑。

在干燥的大风里，我又睡去。

我梦见风穿上了我的黑裙，有时纤瘦，有时丰盈；有时高高地飞起，有时安静地悬垂。

我梦见自己被晾在竹竿上，两只巨大的木夹，咬住我的双手。我在自己家的阳台外，在孤零零的竹竿上，跳着从未跳过的舞。

再次醒来时，风睡着了。

我静静地躺着。

窗帘静静地垂着。

阳光像平静的海，风在海面上安静地睡着。

桥洞里的吹葫芦丝者

一个炎热而无风的夜晚。

你坐在桥洞昏暗的阴影里，吹着葫芦丝。

这声音来自古老的南方，诉说着古老的爱情。

在一条古老的河边，你在阴影里坐着。

我看不清你，只听到丝绸在南方的微风里飘动。

竹林里的风，在小小的葫芦里宛转，宛转成丝绸般的轻柔。

你躲在阴影里，用古老的声音诉说心事。给谁？

我再也没见过你。

这条古老的河上有许多桥，这片古老的土地上有许多河。今晚，你在哪个桥洞徒然地诉说心事？

河边的流浪者

秋天的夜晚,你在河边灯火明亮的亭子里安静地躺着。

那水泥地上,只铺了几张旧报纸。它们将陪伴你多久?一个夜晚,一个星期,还是更久?

某个夜晚,你从草地上或马路边,捡起几张报纸。它们所记录或虚构的一切与你无关。它们是另一种生活,被人匆匆浏览又匆匆丢弃。

它们再次回到地面,平整铺开,成为你今晚的栖身之地。

你在许多文字上做无字的梦,在坚硬的水泥上做软和的梦。

你身上只盖着薄薄一层旧被套。那被岁月、被水流、被无数次摩挲和搓洗磨旧了的花棉布,依然有颜色,有温暖——浅浅的颜色,薄薄的温暖。被套中的被褥,仍在某个温暖的旧家,做着恬静的梦。它梦见了你吗?

你安静地躺着。你的背袋倚着柱子安静地立着，它不担心粗暴的侵袭或驱逐。你呢？

你屈身而卧，聚拢温暖。我看不清你的脸。

你睡着了吗？

你的故乡在哪里？你为什么离开家流浪？你走了多远多久？你还有亲人吗？你在这里停留了多久？你要去哪里？你叫什么名字？——你还记得吗？

你的脸在阴影里静默。

第二天夜晚，我经过那个亭子。亭子里只剩一片空芜。

灰色的小楼

我每天坐车经过一幢灰色的小楼。

小楼原为浅黄色，但那洁净新鲜的颜色，早就为灰尘和藤蔓遮蔽。每次我想起小楼，眼前浮现的，总是如阴郁的天空般的灰色。

如果将灰尘和藤蔓除去，小楼就能恢复当初的洁净和新鲜么？它所显露的，只能是斑驳的旧墙，只能是雨的痕迹、风的痕迹，还有阳光的纹路。

如果将小楼粉刷一新呢？

于老人来说，光亮挺括的缎面唐装，总不如旧的灰布大褂舒适和大方。于这幢破旧的小楼而言，那灰蒙蒙的雾霭般的遮蔽，也远胜于那些明丽耀目的装点。

在小楼的旁边，新的大楼正逐渐长高，马路也一日日拓宽。我总是担心，某一天清晨，几抹刺眼的红色会穿透那灰色的雾霭，击中我的眼睛——一个巨大的、歪斜的"拆"，宣告又一次的"除旧迎新"。

那些古旧的物都在遭遇拆除，还有那些古旧的人与事，以及那些古老的诗歌与心境。

小楼里住着些什么样的人家呢？有的阳台上养着些花草，那葱郁的绿、鲜艳的红或黄，与灰色的背景相互映衬，倒也合宜。有时小楼的窗口会架起竹竿，晾晒的衣物也如竹竿般陈旧而不入时。

童年的记忆里，也有这样安静的、灰色的小楼，安心地住在一个安静的、灰色的小镇。它们都早已不在了。眼前的小楼，是从我遥远的童年长途跋涉而来的吗？穿过了漫长的时间与广阔的空间，在这陌生的城市，栖身于一个并不安静的角落，是为了让我在梦以外，还能有些慰藉和依靠吗？

奇怪的是，我从未想象自己走进那幢小楼。它和童年、故乡一样，成了一个遥远的、不可触摸的梦。

城堡

恐惧和焦虑是什么颜色？寂寞和忧伤是什么颜色？

我总把它们想象成黑色。深深浅浅的黑色。

每天我拖曳着深深浅浅的黑，跌跌撞撞地走在这个布满障碍的世界。

我在白色的书页中寻找秩序和力量。我几乎把所有时间都用于这种寻找。白色的书页上也密布着黑色。但那黑色是整齐而有力的，与我那些深浅不一、杂乱无章的黑色迥然相异。在白色的空无中，那些黑色的砖块，砌成一个又一个坚固的城堡。我逃离自身的黑色，躲进一个又一个黑色的城堡，世界似乎也随之变得井然有序，坚固而牢靠。

其实，那些黑色原本和我的一样。那些和我一样柔弱而敏感的人，白天拖曳着沉重的忧伤，不时为各种障碍绊倒，留下淤青或血渍，继而转成深浅不一的黑；深夜则为自己的恐惧和焦虑所灼伤，留下焦黑的创痕。那些黑色经过某些奇异的变化，最终变成了纸上的一座又一座城堡。而我生命中最深的渴望，便是拥有一座自己的城堡。

但城堡毕竟是城堡，即使只是凭空而建。它们不同于一阵倏然而逝的风，一场骤然而至的雨，或几点随着阳光而升腾消失的秋霜。它们安静地站在我的书架上，从遥远的过去一直站到遥远的未来，我所不能及的未来。

果真如此吗？

有一天，从地壳深处传来的震动，如涟漪般蔓延至我的小楼。大理石砌成的黑色地面突然消失，许多白色的书页从高处坠至正在颤抖的地面，纷飞如漫天的雪。那些整齐的黑色在惊吓中或四散奔逃，难觅踪影；或缩作一团，瑟瑟发抖。

很多天过去了。那些黑色在失去了白色的屋顶之后，便曝露在世界之中。阳光、大风、雨水，还有日渐堆积的尘土，使它们逐渐面目不清，最终湮没在一片灰色中。

或许灰色才是最有力量的。宇宙之初，混沌一片，本无秩序和理性。我们寻得的秩序和力量，只属于某个微小的时空——于巨大的灰色而言，只是微不足道，甚至可以忽略不计的某种偶然。在另外一种偶然里，此处的秩序和力量，便全然失效。

我们手握科学或文学的提灯，试图穿越灰色的迷雾。灯所照亮的，只是眼前这一方小小的时空。这光亮并不随人类的前行而逐渐扩展。事实是，一盏灯亮了，另一盏灯灭了；一片光明出现，另一片光明隐入迷雾。新的研究和发现如风暴般摧毁一座座坚固的城堡；新的城堡在废墟之上逐渐建立，等待另一场风暴。

我用血和着泥土一点一点建起的城堡，也终究要毁于风暴。这风暴来自我所不能确知的世界——我从未曾到过的遥远的热带雨林里，大树参天，藤萝缠绕，花草繁茂。一缕阳光漏过了大树枝叶织成的密网，照亮了一只蝴蝶绚丽的翅膀。蝴蝶翩然飞起，一股气流从它翅下起程。

而我对此一无所知。

"拆"

我日日经过的三幢小楼,似乎在一夕之间,失去了眼睛和灵魂。那些开合了无数次的门和窗,可以望见蓝天和树,可以穿过阳光和风,可以迎接归人,可以锁住隐秘的门和窗,如今毫无遮蔽地向世界敞开,裸露出荒凉的内核。

离开的人们带走了什么?能带走什么?

灰蒙蒙的马路边,一个衣衫破旧的人,拖着一辆破旧的板车,吃力地避开车流。车上载着的,是不知从哪一幢楼拆下的门框和窗框。框上那些孩子的涂鸦、时间的划痕,都随着破旧的板车在车流中颠簸。那些嵌在框中的玻璃,早就像过去的生活一样打碎了么?那些晶莹的碎片,又落到了哪里?

这些破旧的木条和木板,能拼出几样简陋的家具,支撑起一种简陋的生活么?还是煮熟几锅白菜和面条,解一天辛劳,驱几丝寒意?

在失去了眼睛和灵魂的小楼里，还住着一户人家。阳台上还晾着衣被，破旧的门窗还紧闭着。

在熟悉的邻人陆续搬走后，他们为什么还留在这里？是未曾找到新的住地，还是以此表明一种抗议，一种固守？

或许只是一个不停搬家的漂泊者，一时没有租到合适的房子，借这残破的小楼暂且栖身。

黑夜来临的时候，在周围的繁华灯火中，小楼却如此蛮荒，一片黑暗，一片寂静。楼上的人已经睡了吗？如今的城市，何处还能买到一盏摇曳的烛火，照亮繁华深处的黑暗和寂静呢？

人们漫不经心地从一条没有林荫的路上走过。这里曾有一个美丽的小院，绿树浓荫；一个老人在阳光里打盹，梦见了童年时的风筝；一只小猫在阳光里沉睡，梦见了许多许多的鲜鱼。

那些树和花草呢？那个老人呢？那只小猫呢？

人们从一座凌空的桥上急驰而过，追赶速度。桥中央那几平米的小小空间，曾经居住着一位诗人。他用墙壁和窗帘为自己隔出一个只属于诗歌的空间，一个远离速度的空间，一个白天和黑夜都亮着灯的空间。他的诗歌里有草原、大海、天空和无边无际的辽阔，而他只有一个小小的房间,还有无边无际的孤独。

那个诗人呢?那些诗歌呢?

离开的人们,还会经常回来吗?

他们所怀念的一切,以某种奇异的方式,消失不见。

河流

深夜,我手中翻开的书,在墙上投下巨大的阴影。

房间里的一切,都静默在这阴影中。倚壁而立的书、半旧的家什、凌乱的衣物,我在这世上仅有的一切,和它们的阴影一起,都静默在这巨大的阴影中。

白天来临时,阳光和风在屋子里流动,我的书都安静地睡了。

书的生命是属于夜晚的。白天的一切隐入黑暗,书页深处的那个世界就醒了过来,河流、土地、风景中的灵魂、人们的生与死,在黑暗的背景上一一凸显,如浮雕般清晰而生动。河水汩汩流淌,逝者如斯。

我的窗外也有河流。一条被无数文人骚客歌咏过的河,一条在桨声灯影里映照出重重幻象的河。那条河在书页上流动,漾着绮丽的柔波。而我窗外的这条河,似乎和那条河毫无关联。我在河边散步,经历四季的变迁;我遇到很多人,还有很多大狗和小狗;有时望见星星,有时遇见烟花。它流经我的生活,流经许多人的生活；它是生活的背景；它就是生活。

深夜时分，在那条河上漂得久了，累了，我就走到阳台上，望望夜色里的这条河。

我有时在那条河上，有时在这条河边。元宵时，河上漂着许多花灯，波光潋滟，一时间，两条河重叠起来，亦真亦幻。岸上的我，一时怅然若失，不知身处何时何世。

而那些河水和微风的密语呢？大风时涌上堤岸的那些波浪呢？河底那些淤泥潮湿的腥味呢？去年那条黑瘦的小鱼、前年那片漂浮的落叶呢？它们都沉默不语，守护着时间的秘密、宇宙的秘密，那些对人类始终闭锁的秘密。

有些人却能从尘世中窥见上帝的秘密。他们是神的儿子，在人世间孤独地漂泊，不知去往何方；他们从祖辈那里继承了唯一的遗产、永久的权利——没有归宿。

于是，他们在神圣的黑夜里走遍大地，在河流上漫无目的地飘荡。由此，他们获得了另一种生命，和土地、河流共生的生命；当肉身消逝，他们的灵魂便开始飞翔，穿越时间与宇宙，获得永生。

他们有一个共同的名字：诗人。

他们是"活着的，抖动的，心脏的，人形的，流血的,琴",天地借他们奏出生命永恒的节律。

他们在世上经受无数的冷遇和痛苦,却从未停止热爱与歌唱:

> 你不仅要热爱河流两岸,还要热爱正在流逝的河流自身,热爱河水的生和死。有时热爱他的养育,有时还要带着爱意忍受洪水的破坏。忍受他的秘密。忍受你的痛苦。
>
> 做一个热爱"人类秘密"的诗人。这秘密既包括人兽之间的秘密,也包括人神、天地之间的秘密。你必须答应热爱时间的秘密。做一个诗人,你必须热爱人类的秘密,在神圣的黑夜中走遍大地,热爱人类的痛苦和幸福,忍受那些必须忍受的,歌唱那些应该歌唱的。

这是海子献给荷尔德林的歌,是一位诗人献给另一位诗人的歌,是所有诗人献给土地和河流的歌,是土地和河流献给上帝的歌,是我必须仰望的星空。

我有时在那条河上,有时在这条河边。我离自己的河很远,离诗人的河很远。而那条真正的河流,更在不可到达的远方。

花布

在一个陌生的异地，突然遇见了一块花布。浅黄的底色上，是清新雅致的绿色图案。那黄色，比春天初萌的柳芽还要柔嫩些；那绿色，却是盛夏最浓的绿，安静的午后，知了就躲在那样的浓荫里不停地歌唱。那图案非常小巧，比圆点略大些，是三瓣椭圆的花瓣，也可能是三茎草叶，或即将转出习习凉风的三片风叶。

我用食指轻轻地摩挲这块花布。这是一块棉布。棉布和丝绸不一样：丝绸有一种特别的凉意，那凉意和它的质地一样光滑而细腻，明明就在手中，却总让人觉得有些远。棉布和化纤也不一样：化纤有的粗糙，有的光滑，前者有一种特别的热，像夏天骄阳下的燥热；后者有一种特别的冷，不是雪花的冷，也不是瓷器的冷，而是金属的冷。

棉布有一种特别朴素的暖，那是藏在棉朵中的阳光的温度。即使改变了形状和颜色，那温暖却一直藏在纤维的最深处。棉布又有一种特别洁净的触感，那洁净也来自棉朵。许多摘下的棉朵堆在一起,像蓝天上洁白柔软的云朵。这是一个被使用了无数次的比喻,但人们看见那美丽的棉朵时,依然会联想起云朵——这实在是一个再贴切不过的比喻。棉布的洁净正如同云朵的洁净,给人的感觉如梦般美好,高高地飘在天空,却依然温暖而轻盈。雪莲也洁白而高远,用在这里却不是个合适的比喻,其境过清,且遥不可及。

摸得久了,那洁净里就渐渐沁出了凉意——云朵在手掌中化成了雨雪。棉籽在干燥温暖的屋内安睡过冬时,梦见了窗外那飘扬的雪花吗?那寒意和湿气,沁入了它最初的梦吗?它耐心地等待着,等待一个古老的节气:谷雨。在充沛的雨水里,它回到温暖湿润的泥土中,开始最初的生长。它向着天空生长,向着梦里那轻盈的雪花和云朵生长。千百年前,它就是这样生长的;千百年后,它还将这样生长。梦终于开出花来,比梦还要美的花,漫山遍野地开放:这真是比梦还要神奇的奇迹,是上帝赐予人间的福祉。

在一个陌生的异地,一块花布带给我一种久违的亲切。这种亲切从何而来?

一块花布渐渐从记忆里飘出。十多岁时,在故乡一个露天的布摊上,在许许多多漂亮的、质地各异的花布中，我选中了一块不起眼的浅黄底小绿点的棉布。它被当裁缝的表姐做成了一件连衣裙，陪我度过了随后两三年的时光。那幢古旧的教学楼里明明灭灭的阳光、少女时代那些漫长的寂寞和惆怅，都藏在了裙子沉默的褶皱里。有时风吹开了那些褶皱，像一个人紧皱的眉头舒展开来；更多的时候，它们躲在自己的阴影里，一言不发。

那幢古旧的教学楼、教学楼旁那个荒凉的操场还在吗？那件素净的连衣裙，还藏在箱子深处的某个角落吗？那双爱惜地叠起衣裙、叠起那些细小心事的手，和眼前这双敲打键盘记下回忆的手，是同一双手吗？

在一个陌生的异地，我对着一块花布，发了许久的呆。

蛋糕房

每天上下班,都会经过一家蛋糕房。它开业已有两三个月了。无论是清凉的早晨、灼热的中午,或是暑气尚未散去的黄昏,它都散发出一种远离尘世的梦幻感和清冷气息。

蛋糕房装修得很漂亮:浅豆沙色的墙面,晶莹透亮的大玻璃窗,地面铺着浅黄的地砖,一尘不染。透过玻璃罩,可以看到整齐的货架上那一排排小蛋糕:各种颜色,各种造型,有的还点缀着一两颗鲜红的樱桃或深紫的葡萄;光看外表,就可以想象其入口的松软和甜美。两个二十多岁的姑娘站在柜台旁,身着白色制服,袖口和领口都有豆沙色的镶边。她们相貌甜美,与这漂亮的店面、精致的糕点很是相称。

在周围那些破落陈旧的商铺中,这家蛋糕房却显出了一种不相称。或许正因为此,它显得有点落落寡合。旁边那些商铺虽然破旧,却时有顾客临门;而它却少有人问津——我几乎每天都路过它,却从未见过一位顾客。只有一次，一位三十多岁的男子坐在临窗的一张小桌前，一位店员站在一旁跟他说话，那情形，不像招待顾客，倒像汇报工作。

每天一早，那两个像蛋糕一样甜美的姑娘就忙个不停，擦窗户，擦柜台，清洗地面，整理货架……店铺沉睡后那种慵懒和倦怠的气息被一扫而空，又恢复了清新和洁净。这时新鲜的蛋糕也送来了，像一个个封在玻璃纸里等待人打开的童话。她们将这些童话一一摆好，然后满足地环顾四周，再整整衣襟，将自己站成童话里的另一个布景。

整整一天，她们始终安静地站着。偶尔能看到她们互相说一两句话，但更多时候，她们安静地站着，等待不知何时才能出现的顾客。一个个漫长的白天，站在这带着梦幻色彩的空间里，她们在想些什么？是遐想遇见一个真实的童话，还是和我们一样，总在为种种琐事烦恼？每天晚上，走出童话后，她们会回到一个什么样的地方？是和这店铺一样精致的一个小小闺房，锁着年轻女孩特有的清甜气息和许多不为人知的清梦，还是一间拥挤杂乱的集体宿舍，粗糙潮湿的水泥地面冷冷地提醒我们现实与童话的巨大反差？

那些童话般美丽的蛋糕对新鲜度要求很高。当夜晚的灯光亮起来时，从清晨就开始等待的它们，是否也会感到焦虑？表面上，它们依然平静而优雅，耐心地等待着自己的命运。

被一双手珍惜地捧起，带回一个温馨的家，被另一双手珍惜地接住，这是它们期待的最好的命运吗？夜色渐渐浓了，明亮的白色灯光里，它们隐隐露出一丝苍白和忧郁。被世人遗弃的它们，最终的归宿又在哪里？

夜深了。一切都隐入夜的大幕。蛋糕房里一片黑暗，一片沉寂。

小屋

在帕乌斯托夫斯基的小说《雨蒙蒙的黎明》中读到这样一段话：

> 街的尽头是公园。便门是开着的。一进门，立刻是浓密的、荒芜的林荫道。公园里散发出夜间寒气和潮湿的沙土味。这是一座老旧的公园，高大的菩提树遮得满园黑乎乎的。菩提花已经开谢了，放出轻微的气味。只要有一阵风拂过公园，整个园子便会喧哗起来，好像一场暴雨向园中倾盆泻下，又立即停息了。

这座公园的那种老旧与沉静，很像史铁生笔下的地坛。或许很多人都像我一样，向往家的附近有这么一座带着些荒凉气息的旧公园，绿荫匝地，人迹罕至，只有风和雨的声音、泥土和草木的气味，还有四季的循环往复、生死的无穷更替。

如果能有一间旧屋子,恰好还有一扇窗面朝这样一座荒僻的旧花园,那就可以在雨夜里敞开窗户,听雨点在树叶上敲打,听风拂过时整个园子的喧哗。

如今的世上,上哪里能找到这样一座旧花园和一间旧屋子呢?人们可以很方便地到达世界上任何一个繁华的城市或风景秀美的景区,可是没有一艘航船,能载着我们溯时间之流而上,回到几十年前俄罗斯那个寂静的小镇,回到那个散发着寒气和潮湿的沙土味的夜晚,回到那种如细雨般带着淡淡惆怅和诗意的生活中去。

我只有一间六楼的屋子。楼前楼后能看到些树和花草,不远处还有一条河。更多的空间,则被方整的、一模一样的楼占据,于是草木、河流,都成了无生气的点缀。

我的窗没有木窗框,更没有绿窗纱。我只有铝合金的窗框,细钢丝的窗纱。躺在临窗的沙发上往上看,前后的楼都隐去了,没有树,也没有飞鸟,只有一片灰色的雾蒙蒙的天空。我像是被关在一个密闭的飞行器里,悬空在茫茫宇宙中,如此孤独无依。

我的桌上没有花,没有翻开的诗集,没有印着雅致花纹的信笺,没有古朴的布灯罩,没有青瓷茶杯,更没有清淡的茶香或浓郁的咖啡香。我的家具都半新不旧,没有时间的划痕,没有在生活里久久浸润后那种特殊的气息。我用一个半旧的电脑写作,一个半旧的塑料杯喝水。因为担心失眠,我只喝白开水。一个从超市买来的、开关已不太灵的黑色台灯,每天晚上陪着我直到深夜。

像向往旧花园一样,我依恋着我的小屋。在我的小屋里,那些诗意的向往,如草木在雨夜寂静地生长。我的小屋和小屋里的生活,似乎只是为了作为一个粗陋的背景,为了衬托那些诗意才存在。有时我又会这么想,或许那些诗意,只是为了作为一个美丽却遥远的背景,衬托我乏味的小屋和生活才存在。

有一个深夜,我梦见我的小屋从大楼里完整地分离出来,顺着一条宽阔的河往上漂流。灰色的水泥屋顶上,长出了葱郁的青草,有几段黑色的朽木竟开出了几丛蓝色的小花。我站在岸上,看着小屋渐渐漂远。

我从梦中醒来,小屋依然安静地守着我,还有我那些缥缈的梦。窗户向无尽的夜敞开着,潮湿的气息弥漫在屋里;雨点正打在油布雨篷上——多年前,它们也曾这样敲打;多年后,它们还将这样敲打。敲打旧花园里的树叶,敲打高楼上的钢窗,敲打无垠的时间里那些听雨的耳朵。

梦一

暑假的生活简单平静到了极点。我的小屋里充盈着寂静,电话往往连着几天都没有一点声音。它也会感到寂寞吗?在某个遥远的地方,也有着一屋子的寂寞。这寂寞在某一天会不会以某种神秘的方式击破我的寂静,激起一串清脆的铃声?

在寂静的日子里,白天和黑夜都宜于沉睡。梦也随之多了起来。一向缺乏虚构能力的我,在梦中创造出许多奇异的故事。那些从未见过的人、事、景,都异常鲜明和生动。故事汩汩流淌,在阳光下如碎金般闪烁生辉。这或许是久被压抑和遗忘的幻梦对枯燥乏味的现实所作的反抗,这反抗轻柔如纱,却又缠绕如丝,以至于我越来越多地流连于这样的梦境,无论是阳光明亮的上午,还是大雨倾泻的午后,抑或静无人声的深夜。

梦有时在现实的高处轻盈地飞扬;有时则远远地落在后面,在现实拖着的长长的阴影里徘徊不前。

那些久未联系的故人,还有早已淡忘的旧事,都是梦里的常客。暗淡的少年时光，还有中学时住的那间破旧的小平房，是梦不变的背景。故人和旧事，常以奇异的方式组合，不经意间，便能瞥见许多深藏的少女心绪。

那间平房虽然破旧窄小，但临湖而建，看得见湖光，听得见湖边小树林里的鸟鸣。湖的对面，是一个有些破败的小公园，游人很少。湖中的小岛上，有一座破庙，后来修葺一新，香火却始终旺不起来。在一个大雾弥漫的早晨，我曾坐着打渔人的小船顺水漂游，像在一个不愿醒来的梦里。那情形我总也忘不了，于是常常乘梦重游。有时我闯入了莲花荡，一枝枝挺秀的白莲那紧紧合拢的花苞，还带着些青色，在氤氲的雾气里，美得像梦——一个梦中的梦。有时我漫无目的地飘荡，世界只剩下无边的浓雾，还有这艘无桨的小船，我又像在一首古老的诗里——一首梦中的诗里。

离开故乡很多年了。我很少回去，回去也是来去匆匆。那间平房早已拆除，只在我的梦境里长存。公园里添了许多景点，游人却依然很少；庙又重新变得破败起来，像一个残破却让人留恋的梦。

梦也会结出果实来吗？有一个清晨，我从梦中醒来——桌上摆着两个青色的莲蓬，漾出略苦的清香。

梦二

在公交车的玻璃窗上,忽然瞥见自己变形的身影。那身影被拉得瘦长而晦暗,在车厢的晃动里,头顶突然鼓出一块,又突然缩回,与窗外灰尘笼罩的废墟、正在修建的高架桥,共同构成一幅荒诞的图景。

我突然意识到,那正是我生活的缩影。世界以一个奇妙的瞬间,昭示出我刻意回避的真相。我用书页隔开喧嚣的尘世,就如同人们用玻璃窗隔开灰尘和废墟。在与世隔绝的狭小空间里,我像一株失水的植物,渐渐苍白瘦弱;头颅上则生出奇怪的突起,那是弥漫在身体里的忧郁,渐渐集中到异常亢奋的脑部,突出如一个饱满的瘤。

这种隔离终究是徒劳的。尘世时时侵袭我用书页筑起的工事。灰尘和雨水渗入纸的纤维,它们变得晦暗不明,肿胀而潮湿。它们不惜以变形甚至自毁的方式来反抗加在它们身上的种种磨折——那些风中摇曳的芦苇、麦草,向着天空眺望的树木,经过种种神秘而复杂的工序，变成了我们手中的书页——它们希望因之而遭遗弃，回到旷野或河岸。

而书页间的世界，依然只是尘世的投影，或深或浅，或清晰或模糊。在真实的世界里，我在林立的刀丛间小心而缓慢地行走，身后拖着长长的阴影；在书页围住的世界里，我毫无防备地踩着影子奔跑，裙裾在不知何处吹来的风里飞扬。那些影子看似轻盈，却大多有着锋利的边刃。在尖锐的疼痛里，我只能继续奔跑，寻找下一个影子。偶尔会有一个柔软的影子，我就靠着它久久休憩。

有一天，我躺在一个柔软的影子里，做了一个梦。我梦见自己变成一个轻盈的影子，身后飘着我的那些书页，我们一起高高地越过尘世那些冷森森的刀丛，向郊外飞去。我飞过了田野，闻到了植物特有的清香；我飞过了河流，缓缓降落在河岸，一个孩子正用芦叶折一只绿色的帆船；我回头望去，那些书页像鸟儿一样四散飞去，消失在天空。我在旷野上久久奔跑，每一脚都踩在松软的泥土上，没有刀丛，也没有边刃；在奔跑里，我重新获得了血肉之躯，泥土的气息、草木的清香充盈着我的身体，我看见自己的影子从浅淡变得浓重，踩在泥土里的脚印也变得大而深。

来自天空的一声巨响,中断了我的奔跑。我往天空望去,无穷无尽的书页,从一个黑洞里倾泻而出,如硕大的雪片纷纷坠落。不一会儿,我触目所见,已均为白色,而我的身体,正越来越深地陷入纸片堆成的冢中……

当我从惊恐中醒来时,周围是浓黑的夜。我摸索着打开灯,在暗淡的灯光里,几本书散落在地板上——不知来自何处的力量,让它们从床头滑落至我的梦境。我终于明白,无论在梦里或梦外,旷野、河流和星空,都成了遥不可及的梦。

桥

一

日日散步经过的大桥下，有一排简易平房，是那种建筑工地上常见的、易建易拆的临时性住处，却已用了几年之久。

住在里面的人或许是大桥管理处的值班人员，把家也安在了这并不适宜的住处。一次，我无意中瞥见微开的门里，一位中年女子正在冲开水；偶尔有一条大狗蹲在门外，安静而温顺的样子。那三四间平房的窗户上，都挂着花布窗帘——二十年前大多数人家都用着的那种窗帘，朴素而温馨的小碎花，遮光性和密闭性并不好，屋里却因此而多了阳光与清风；只是此处并无阳光，清风也甚少逗留。晚上，有灯光从窗帘里溢出，这简陋的屋子便俨然是一个温暖的家了。

一天晚上，有一扇门难得地敞开着。房间被隔成内外两间：外间随意地摆放着小桌子、旧沙发、电饭煲、煤气灶、水瓶等生活物什；里间想必是卧室，门紧闭着，却也并不引人遐想——像一切平常甚至平庸的生活。

住在这样一座车流量很大的桥下，是什么感觉？无数的车从头顶驶过，那隆隆声终于成为习以为常的背景轻音乐么？凌晨时，桥终于安静下来，偶尔有进城的大型货车沉重地开过，大桥微微颤抖着，桥下安睡的梦也会因之微微颤抖么？

二

几年前的奉节县城。老城的低处已没入水中，高处的旧屋旧楼正在拆除中。有些楼被捣"碎"了，那些弯曲的钢筋如枯瘦的树枝，缀着许多大小不一的枯叶——那些墙的碎片，以种种奇异的姿势，刺向空中。

有些楼拆了一半，房间的墙裸露在尘土中，墙上还挂着旧日历——翻开的那页，是他们离开的日子吗？一张"三好学生"的奖状已经泛黄，那个"三好"的孩子去了哪儿？

赤膊的工人抡起大锤，沉默地砸向已经残破的楼。这样可以砸掉生活中那些沉重的不幸吗？而我却总在担心：楼轰然倒塌的那一刻，他怎样才能安全脱身呢？

有一天，大锤砸到了又一座老楼的身上。老楼里有一家破旧的旅社，因为破旧不堪，所以便宜。旅社的主人是一个样子也很破旧的老人，而旅社的客人中，就有一位从远方来、因故滞留在此、抡大锤养活自己的工人。老人和工人都得另觅住处，一个是寻找家，另一个是寻找又一个"睡觉的地方"。

过了几日，工人去看望那位老人。老人的新家在一座老拱桥的桥洞里。那座桥用青砖砌成，当初想必有几分古朴之美，如今却同样老态毕现。在这个破旧的古城里，破旧的老桥倒显得颇为合宜。桥的两侧各有两个桥洞，其中一个就是老人的新家。

说是新家，却比旧家更旧。那些同样陈旧的家什却列得整整齐齐；就连一面边角已破的镜子，也擦得干干净净，照出对面斑驳而粗糙的洞壁来。

老人和工人默默地抽了会儿烟。老桥、流水一同沉默着——并没有什么"小桥流水人家"的诗意。

三

乡下老房子的不远处，有一座水泥的小桥。桥没有栏杆，幼年的我每次从上面走过，都忍不住又害怕又担心。在河边玩水或采摘秋天的芦花时，那河水是温和而亲切的。而从其实并不高的桥上往下望时，那水流却变得湍急可怕起来。

桥的那一边意味着三个去处。桥的左边，是医生的家。那个医生是乡下所谓的"赤脚医生"，三十多岁，清秀而和气，可我即使远远地瞥见她，也躲之唯恐不及；她的出现，只代表着两件事：吃药或打针。桥的右边，是我要好的小伙伴的家。她的母亲是外地人，声音脆亮如玻璃，话却很难听懂；她还有一个聪明又好看的姐姐，让孤单的我羡慕不已。我的小伙伴初中毕业就早早出去打工，几年前我再见到她时，她已成家生子，在县城做着小生意，脸上已显出几分衰老。

如果坐在母亲的自行车上，安心地晃荡着两只脚经过小桥，那么就是去外婆家了。车子绕过很多乡间的小路，绕过很多田野和河流，就到了外婆的家。外婆家前后都是田野，屋旁的小河里可以采到很嫩的茭白，那种清甜，我至今不忘。

上次回老家，我却没有去看看那座桥——外婆已去世很久，医生和小伙伴也都离开了。

乡里的路都变宽了，也平整多了，那座粗陋的水泥桥还在吗？

四

我的家也在桥下，准确地说，是在桥边，在比桥面还高出几十米的楼上。

在我写下这些文字的间隙，朝灰蒙蒙的窗外望去，就可以看见那座宽阔的桥、桥上大大小小的车、栏杆旁俯视水面的人，还可以听见车驶过时或轻或重的轰鸣。

雾渐渐浓了，暮色也渐渐深了。

夜深了，桥上的车少了许多。栏杆旁还有望着黑黢黢的水面发呆的人吗？天渐渐冷了，夏天时栖身于桥下空地的那个流浪汉，如今又在何方？

偶尔有一辆车经过，将光束投射进印花的玻璃隔门，再映照到房间的墙壁与天花板上，整个房间便成了一个绮丽的、流动着的幻梦。在幻梦中，我又何必入梦？于是继续这桥下无眠的长夜。

面具

我去参加一个化妆舞会。

从沉沉黑夜进入灯光昏暗的前厅,再进入灯光明亮的大厅,恍如进入一个明亮的梦境。每个人都戴着面具,除了我。准确地说,是每个人都戴着"我"的面具,除了我。似乎我的所有表情都被一一定格,微笑,大笑,忧郁,凝思,痛苦,嘲讽……这些面具仿佛将我的表情从面孔上逐一剥离,留给我的,只有一副呆滞的面目。或许他们看透了那才是我真正的面孔?

我努力挤出微笑,如同戴着一个微笑的面具。许多"我"围住我,与我合影。我如在一个荒诞的梦中,说不出话,任许多"我"摆布。

这时,前厅一阵喧哗——是他。

他们要求我也戴上一个"我"的面具,并将灯光调暗,看他能否在人群中寻找到我。

昏暗中,我很紧张,也感觉到了他的紧张。他要求三次机会。

前两次机会,他很轻易地错失了。那两个人只是衣着和身形与我有七八分像。

只剩最后一次机会了。他的目光扫过我的面具,停留了片刻。我紧张地注视着他,有一刻甚至觉得他已经认出我了。但是他的目光继续前移,最后停留在一个人的身上。

我跟着他的目光看去,为之一震。那人静静地倚着墙壁,那种安静间有一种说不出的东西,与我完全一样;她的面具是"我"凝思的表情,那也正是他所熟悉的"我"的神态。

灯光大亮,她的面具摘下,是一张年轻明媚而陌生的笑脸。许多"我"在各种表情下大笑。他惊愕不已,茫然四顾,在许多大笑的"我"中寻找我。

而我,戴着"我"的面具,隐入人群,消失不见。

蔽

在车站等车时，发呆的间隙，我常常会看看马路对面的树。

我喜欢冬天的它们。没有了叶子的遮蔽，它们的线条很美。每一棵树的线条都是独一无二的。树的美应该是自然的、古典的，适合的背景是旷野、河流、山峦。在这都市的背景里，它们的线条则往往具有了现代感，如一幅含蕴丰富的抽象画，舒展在楼宇间。

我不喜欢城市的楼群。无论我如何努力以审美的眼光审丑，也无法化丑为美。新的楼群面目生硬，冰凉锐利，有一种令人难以接近的富贵气；旧的楼群则处处显出凑合和随便，如被生活磨折的我们，疲倦而乏味。有些旧的楼群穿上了新的墙衣，那是为了什么重要集会或重大庆典而涂饰的劣质口红，颜色刺目，肌理粗糙，更显出了寒碜和粗陋。

于是我将视线上移，为美丽的树寻找到一个合适的背景——天空。无论是明净如洗的蓝天，还是忧郁的、雾蒙蒙的灰色天空，都是很美的画布。树的枝干伸展在天空之上，让人产生依然"在大地上活着"的错觉。但楼群往往不识趣地爬入画布，于是我将自己的眼睛变成一个取景框，将它们拒之框外。生活变得单纯而美好，在这个瞬间，在我的画框之内。

我储存了很多幅这样的画。有的挂在墙上，更多的挂在心室。我具有了一种非凡的能力，将取景框调整到合适的大小，只留下可以入画的美；随着这些画数量的增多，我随时可以调出它们，用来遮蔽楼群、车流，还有人们那疲惫而漠然的脸。

于是，嘈杂不堪的马路成了花草树木环绕的公园，阴沉杂乱的办公室成了安静的图书馆，我成了一个单纯而幸福的人。

我的文字、我的生活、我的历史与饥饿、死亡、冤屈、监狱这些词毫无关联。在我将它们拒之框外之前，善良的人们已为我做了这一切。他们还毫不吝啬地将方法传授给我。

我成了一个单纯而幸福的人。我们成了单纯而幸福的国民。

我们的孩子，都将像我们一样单纯而幸福。

断片

1

正午照眼明的榴花

一只山雀在急雨中衔半瓣花飞去

2

夏夜湖面的鱼鳞碎纹

银中漾着微红

比月光还柔

3

一只小小的白猫

卧在夜色中

卧在小径的中央

人来不惊

4

公交站台

五马渡真有五匹鬃毛飞扬的骏马?

莫愁新寓的人们能少一些忧愁?

是谁在广告牌上刻下歪歪扭扭的"时文静"?

5

　　柳芽里包着浅绿的穗,像一颗小小的玉米。一个孩子稚嫩的声音在喊:报春鸟的头像一颗糖炒栗子!

6

睡莲池结了冰　　只余些残叶

想象大雪覆盖枯叶

冰雪心　　化为来年夏天皎洁的莲

冰面并非平滑无纹

凝住了涟漪

梧桐叶凝在冰中

如静止的火焰

一树的露珠

如小小的花苞

露珠会开出什么样的花

细雪静静地下

7

无人的山坡

忍不住唱了几句《半个月亮爬上来》

似乎自己也成了一弯新月

爬上山坡

半坡蜡梅

大半含苞

比前些日子略大了些

鼓胀欲出

一株已半开

那黄

正如月亮的温柔

8

雪后的小园。下午四点多。晴空浅蓝,非常清澈。

半轮白色的月亮。

那白,似乎由天空的浅蓝稀释而成。又仿佛浅蓝上蒙了一层白纱,那蓝,仍隐约可见。

我疑心那是一朵月亮形状的小小的云。

9

路边覆着薄薄的雪,有点脏,像石灰。

灰色的屋,灰色的人。一个灰色的小院,墙上刷着"勿倒垃圾"。

视线往上移,衬着天空,连落了叶的树都那么美。

姿态的美,线条的美。树枝间的风是浅蓝的。

10

几只鸭子在浮冰上嬉戏。温暖的阳光下,舒展开强健的翅膀。

第一次真正懂得"春江水暖鸭先知"。

11

　　小公园几日未去，又开了些早梅。一株粉色的重瓣梅，竟已有一只蜜蜂在忙碌了。

　　一蜂知春。

12

大风吹过,路边一排高大的树轰然作响。

原来是风摇动密密的枝叶,枝叶上的雨水一起砸向青石板路面。

13

学习辨别迎春、黄素馨、连翘。

大风里,站在樱花树下。那么纤细的茎,那么娇弱的花瓣,牢牢附着在枝头。

上帝才能解释。

海棠,紫荆,陆续开了。等待桃之夭夭。

辨别樱花和红叶李,贴梗海棠和垂丝海棠。万物静默如谜。

穿过小桃园回家。天地有美而不言。最喜欢的,还是最朴素的。单瓣,粉红,衬着一点青翠的叶。

旷野上,河流旁,桃之夭夭。盛开在童年里。

14

风吹着口哨

风揪着树的头发

死命推搡

15

十多日未去小公园。枝头的小小新绿,已连成一片。绿意深如海。

池塘里,菖蒲直立如剑的碧绿叶丛,开出了如蝴蝶翻飞的黄花。

16

　　重读奥尼尔的《天边外》,至凌晨,泪不能禁。

　　大风,一地的落叶,细小的树枝。留连光景惜朱颜。

　　睡莲又开了。永恒的洁净。

17

在小公园幽僻无人的小径,突然听到门的吱呀声。但附近没有房屋。凝神再听,声音来自路旁的一棵大树。

那吱呀声极逼真,但茂密的枝叶间,什么也看不见。毛骨悚然。

是鸟儿奇怪的叫声?

或者可以想象枝叶间隐藏着另一个世界?另一个时空里,一条寂寞的老街,风正吹动老宅的门,吱呀作响。又是什么神秘的力量,将那声音吹进了我的耳朵?

18

纤弱,迟疑。

在一个动物性的世界里,惊恐不安。读《欲望号街车》。

19

大风,天空被吹得特别干净。云朵、朝霞和晚霞都特别美。

晚霞美极了。且一会一个样,让人词穷。

散步回来,路过公共汽车站,等待的人们都低头看手机。没有人抬头看看天空。

20

上帝平等对待万物。用风吹拂山中的一片落叶或树梢的一只塑料袋,用雨敲打庭院里的芭蕉叶或高楼上的雨篷……

21

大雨如注。读诗。

法国南方乡间的诗人雅姆。里尔克《马尔特手记》中提到的那位乡间诗人,苇岸为自己葬礼选择的诗人。

读一下午的书,像是走了很远的路。傍晚,走在熟悉的河边,像远行归来,又回到熟悉的生活。

落叶贴在红砖地、青砖地、鹅卵石路面,像梭形、灵巧的小鱼,凝固在时间里。

读诗的间隙剥毛豆。剥开豆荚,饱满清香的果实。上帝的恩赐,静默如谜。毛豆的绿该如何命名?豆绿是绿豆的绿吧。

22

注目于

一朵云的奔跑

一株小雏菊的笑靥

黄昏孩子散落的笑声

玻璃般脆亮

23

小蝙蝠掉进了洗菜盆里。不知道它是如何掉进来的,掉了多久。我发现它时,它张开翅膀浮在水面上,似乎是在仰泳。我把它用筷子移到窗台上。过一会儿去看,它还趴在窗台上。再过一会儿,移到了纱窗上。五个细如线的小爪尖嵌入纱窗细小的格子。倒立,歪头,挠痒。"楚楚动人"。

福到。

24

布满蛀孔的落叶

大雨中奋力飞起的黑鸟

苦难磨砺过的眼睛

25

河流追赶晚霞

树枝追赶风

鱼追赶海浪

火车追赶远方

26

离家不远,隔河,有一座小小的教堂。砖红色的底,浅金色的顶,顶上是一个金棕色的十字架。沿河散步时,我常望望那个十字架。虽然我不是信徒,也能在那一刻体会到有信仰者内心的平静。

教堂入口处有一只跪着的羊。迷羊,我们都是迷羊吗?看守教堂的老人,是一个虔诚的信徒。言谈举止谦卑有礼。简陋的居室,小桌上摆着一本厚厚的宗教书。一次坐飞机,耳鸣不止,落地后很久,耳鸣依旧。它的消失却很突然,蒙在耳上、知觉上的那层膜瞬间被掀开,一切秩序恢复,世界清明。

据说宗教感也是天赋。如无,则需耐心等待后天的顿悟。那一刻,蒙昧的罩子瞬间掀开,上帝从此与我同在。

27

长江口。

江面两种颜色,泾渭分明。

近处是湖绿色。无端想起"日色冷青松"。松绿本冷而深,调入几分日色,就暖了,浅了。诗人本意固然在"冷",此时我却读出了几分"暖"。湖绿色大约介于日色与青松的冷暖之间,庄重,宁静。

稍远处则是浑浊的黄。再远处是隐隐的树林,沿对岸延伸成狭长的一带。

沿江走走,水拍岸边石,汩汩有声,竟有些荒凉野趣。

潮打空城寂寞回。

28

散步的小径上,遇见一只非常美丽的飞蛾。背上有艳丽的桃红与雅致的浅灰。

今天又一次在小径上遇见。死去的,扁平的。艳丽的桃红与雅致的浅灰依旧。我将它放到路旁松软的泥土上。折下一茎草叶,覆盖那美丽的颜色。

一株草,一条鱼,一只虫。它们从不担心如何死去,也不担心躯体如何归化自然。因为死本身是庄严而神秘的。如这艳丽的桃红与雅致的浅灰,如每个人生之前与死之后的宇宙,茫茫时空。

29

"日复一日与胸中悲哀的骑兵搏斗"的漫长假期。读《战争与和平》。

与羞怯、丑陋、笃信宗教的老姑娘玛丽雅公爵小姐,成了最亲密的心灵伴侣。最好的朋友,不在尘世中,却在书本里。

在两个世纪以前,在遥远的俄罗斯,在荒僻的农庄,在被遗忘的诗歌和小说里。

30

301的老太太去世后,剩下老先生一人独居。我常看见他挂着拐杖蹒跚独行,手里拎着很少的食物:两个包子,一把面条,几棵青菜。有时我出门,看到他在楼下的小花园里读报,回来时,他还坐在那里,膝上还是那份报纸。一次正好跟他一起下楼,我替他打开防盗门,请他先行,他连声说谢谢,笑容非常和善,让我想起去世的爷爷。

今天下楼时,看到301门外放牛奶的小木箱里,有一张小纸片:

小王:
吸管用完了,请送来!

       301室即日

是老人那种缓慢并尽力写得工整,但仍有些颤抖歪斜的字体。

好在只是"吸管"用完了。

而终有一天,我们所有人的纸片都只能写上这句话:

生命用完了。即日。

31

万物平衡

如喜剧演员的抑郁

如诗人的不能应对现实

32

大雨。

颜色鲜艳的滑梯孤单地伫立。

小径上漂亮完整的蝉蜕。

草丛中残损的羽毛球。晴空下,它曾划出优美的白色弧线,伴着孩子明亮的笑声。

33

睡莲池里那朵白荷,昨天还紧紧合拢,今天半开了。白色里隐约透着青。较之耀眼的洁白,多了几分沉着雅致,如大提琴音。

昨天停在花苞上的那只蜻蜓,仿佛在为古诗作注:"早有蜻蜓立上头。"今天它飞去哪里了?

与卧在水面的那些睡莲不同,细长的青茎将白荷高高托起。此之谓"亭亭"。

34

园丁细心种下的菊花还未开放。费力除去的野草却又成片成片地绿了,开出了小小的浅粉的花。

35

昨天在江边看到非常壮丽的晚霞。"半江瑟瑟半江红""落日熔金""火烧云",终于由纸入心。

36

秋树比春花还美。阳光下半透明的红,午后河畔的簌簌。

37

大雪。空气清冽如蜡梅香。

一只蓝尾喜鹊,扑棱棱飞起。

"试着赞美这遭损毁的世界。"

38

安然地等待一朵水仙的绽放

学习带着忧伤行走　生活

39

水凝为雪

生活凝为诗

40

柳芽青

玉兰白

41

新叶未生的老树

枝头是经冬的枯叶

还是静立的黑鸟

42

一树雨珠

如透明的花苞

枯草凝结的白霜

樟树清冷的香

翠鸟掠过那一抹蓝

落叶树裸露线条　轮廓　巨大的鸟巢

大风扬起的枯叶

一首诗静静地回旋

43

湖面的颜色是浅松针绿。无风或风较小时,湖面有明显的色差。有些地方似稍稍凹陷,颜色略深;有些地方似稍稍凸起,颜色略浅。是光线导致的色差给人湖面凹凸不平的错觉吗?

大风一起,整个湖面如绸子般抖动起来,颜色变得均匀,波光闪烁。

波纹有时是大块的菱形,有时则如细碎的鱼鳞。

44

湖面泛起密集的雨点,细看,却是许多黑色的小鱼。纤细,灵巧,如长大却未变形的蝌蚪。

是从水墨画中游来?是从"参差荇菜"中游来?还是从"池塘生春草"中游来?

湖面的风真大。湖水汩汩有声,轻拍岸边。其境过清,不可久居。

45

窗外有一棵树,绿荫如盖。叶梗细长,叶片轻而密,表面覆盖着一层绿蜡。风过时,千万片"薄脆"相击。如是金玉,必定叮叮有声;但毕竟只是草木之身——安静的午后,只余柔和的簌簌之声。

46

童年时冰面上的窟窿

暴雨中迷失的窨井盖

落叶上眼睛般的蛀孔

香樟树被踩裂的小黑果

角落里的摄像头

操场上的高音喇叭

教室里的钟

游不到头的鱼缸

《1984》中老大哥的眼睛

《安娜·卡列尼娜》中的滚滚车轮

此刻凝望我的你的眼眸

图书在版编目(CIP)数据

我有一把精致的骨头/周春梅著.—上海：复旦大学出版社，2022.11
ISBN 978-7-309-16396-4

Ⅰ.①我… Ⅱ.①周… Ⅲ.①散文诗-诗集-中国-当代 Ⅳ.①I227.6

中国版本图书馆 CIP 数据核字(2022)第 162388 号

我有一把精致的骨头
WO YOU YIBA JINGZHI DE GUTOU
周春梅　著
责任编辑/刘西越

复旦大学出版社有限公司出版发行
上海市国权路 579 号　邮编：200433
网址：fupnet@fudanpress.com　http://www.fudanpress.com
门市零售：86-21-65102580　团体订购：86-21-65104505
出版部电话：86-21-65642845
常熟市华顺印刷有限公司

开本 890×1240　1/32　印张 6　字数 97 千
2022 年 11 月第 1 版
2022 年 11 月第 1 版第 1 次印刷

ISBN 978-7-309-16396-4/I・1330
定价：36.00 元

如有印装质量问题，请向复旦大学出版社有限公司出版部调换。
版权所有　　侵权必究